# MAX ET CHARLOTTE

# MAX ET CHARLOTTE

OU

## LA NUIT DU DIX·NEUF JUIN 1867

Le sang d'un ennemi ne produit rien qui vaille,
S'il n'est pas répandu sur le champ de bataille.

SCEAUX

TYPOGRAPHIE DE E. DÉPÉE

—

1867

I

Une chambre à coucher au château de Miramar.


## CHARLOTTE


Max, ton absence m'achève.
Max, tu tardes bien à venir.
Poindra-t-il, ou n'est-ce qu'un rêve,
Le jour qui doit nous réunir?
La vague de l'Adriatique
Pousse un vaisseau vers ce bord.
Peut-être vient-il du Mexique;
La poupe au vent, le cap au nord.

Il jette l'ancre près du phare.
Son lugubre aspect me fait mal.
Je le connais : c'est *la Novare;*
Ah ! ce nom nous sera fatal.
C'est Max, mon époux, il débarque;
Je crois qu'il prononce mon nom...
Tout se tait... pourtant, un monarque
A droit au salut du canon.


Hélas ! je prête en vain l'oreille.
Un frisson parcourt tout mon corps.
Encore une autre nuit de veille !
Et puis des jours d'attente encor !
Le vieux prêtre qui règne à Rome,
M'a prédit un malheur certain...
Quel est cet horrible fantôme
Qui, sans bruit, m'apparaît soudain ?


De ses plaies sans nombre et béantes
Tout son sang semble avoir jailli.
Spectre, arrière ! tu m'épouvantes,
Bien que mon cœur ait tressailli.

O supplicié, je redoute
De deviner ton front blafard !...
Pendu comme un coupeur de route !
A son cou j'aperçois la hart.


A la mort qu'il a tant cherchée
Son habit noir de général *,
Veuf de l'épaulette arrachée,
Rend un hommage sépulcral.
Sa lèvre remue et s'entr'ouvre.
Mon dernier espoir s'est enfui.
Sa parole enfin le découvre.
Misérable femme !... c'est lui.

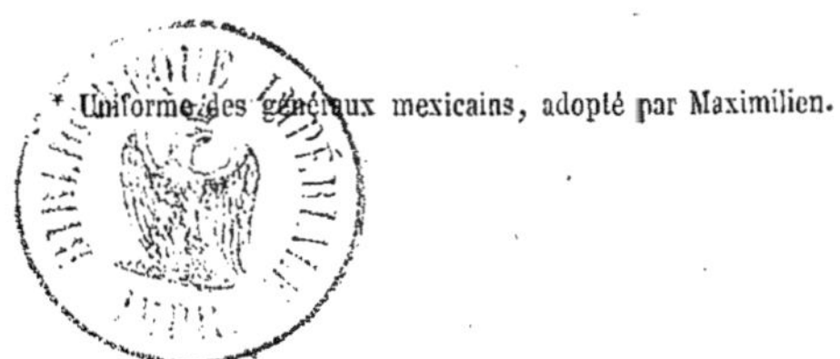

* Uniforme des généraux mexicains, adopté par Maximilien.

## MAX

Le *Fohn* s'est tû. Le Grutli se pavoise
De tous les tons précurseurs de l'été.
Les hauts glaciers de la chaîne bernoise
Donnent aux monts leur reflet de clarté.

La mousse pend à la pierre noircie,
Par les autans, du donjon des Hapsbourg.
Le chamois paît la verdure épaissie
Près des ruisseaux bruissant à l'entour.

Dans les sapins, l'ours qui passe et repasse,
Guette l'instant d'assaillir les troupeaux.
Charlotte, au sein du berceau de ma race,
Viens avec moi; j'ai besoin de repos.


Sous le tropique, un volcan formidable
De ma couronne a brisé les fleurons.
Le trône aztèque était par trop instable;
Mieux vaut s'asseoir dans les rhododendrons.


Quand, délaissé par les fils de la France,
J'ai dû rester, pour tenir mon serment,
J'ai combattu; mais sans autre espérance
Que de mourir en fidèle Allemand.


Napoléon, ce neveu du grand Corse,
M'aura couvert de sa protection;
Mais je devais expier le divorce
Qui de Louise amena l'union.

Ces Mexicains qui du suc délétère
De leurs poisons mêlaient leur vin d'honneur,
Ont corrompu notre destin prospère,
Par le présent d'un sceptre suborneur.


D'un prince aimé, toi la fille chérie,
Le peuple belge eût comblé tous tes vœux.
Tranquille au sein d'une libre patrie,
Qui plus que toi pouvait y vivre heureux?


C'est par tes mains que dans sa capitale,
Le roi ton père eût tari tous les pleurs.
Ange gardien de la terre natale,
Elle t'eût fait des jours tissés de fleurs.


Et si tes pas, loin des bords de la Senne*,
S'étaient portés à travers les grands bois,
Pour y revoir le domaine d'Ardenne,
Où Léopold s'abrita tant de fois;

* Rivière qui passe à Bruxelles.

Nous aurions pu, chevauchant côte à côte,
De l'Hercinie éveiller les échos,
Sans redouter ni le jaguar qui saute
Sur les passants, ni les guerilleros.


L'ambition, mauvaise conseillère,
Nous a perdus, chassés de notre Éden.
Vertigineux, fils de la Cordillère,
Un souffle impur a flétri notre hymen.


Un tourbillon de guerriers dont l'audace
Avait dompté les lions du Sahra,
Comme un jouet projeté dans l'espace,
Dans son élan surhumain m'attira.


Environné d'une héroïque escorte,
Je m'imposai partout où je parus.
La trahison m'avait ouvert la porte,
En me disant : Tu n'es pas un intrus.

Dupe et martyr des intrigues des prêtres,
Les idiots m'ont acclamé d'abord.
Ne voulant pas des égaux, mais des maîtres,
Leur lâcheté m'a conduit à la mort.


Ils me disaient l'élu de la contrée
Dont je n'étais que l'oppresseur maudit.
En attendant ma fin prématurée,
Les publicains percevaient leur profit.


Ils dilataient le gouffre de leurs bourses,
Où je devais être précipité,
Grâce au génie, aux immenses ressources
D'un sol voisin, grand par la liberté.


Le voir noyé dans la guerre civile
Était l'espoir de leur triste complot.
Ils ignoraient, dans leur âme servile,
Que, tôt ou tard, le droit revient à flot.

Leurs faux calculs, la démence féroce
De leurs amis m'ont dicté le décret,
Par qui ma main avait creusé la fosse
Où m'engloutit un trop sévère arrêt;

Voyez ces *Jarochos* à la mine sauvage,
Avides de massacre autant que de butin ;
Ces chefs, vaincus d'hier, qui, le cœur gros de rage,
Ont hâte de souiller un succès incertain ;
Ces Indiens asservis, malheureuses recrues
    Au torse, aux jambes nues,
Aspirant à leur case et craignant les assauts ;
Soldats dont la terreur a vaincu la nature ;
Voyez ces cavaliers à l'agile monture,
Au pommeau de leur selle enroulant leurs *laços*.

Cet *hidalgo* paré de superbes insignes,
Général qui tua des captifs de sa main !
De rapine enrichi, héros de grand chemin,
Fut un *saltéador* parmi les plus insignes.
Son pouvoir, aujourd'hui, balance Juarez.

   Plus loin, voyez Lopez :
« La perfidie est noble envers la tyrannie [*] »
Répète-t-il ; mais nul ne lui donne raison.
Il restera couvert de son ignominie ;
Car rien, dans aucun cas, n'absout la trahison.


Méjia, Miramon, fusillés par derrière !
Au monde des esprits ont précédé mes pas.
L'un, criblé par le plomb, a gardé tout entière
L'audace accoutumée à de rudes combats.
L'autre, en proie aux tourments, même avant le supplice,

   ( C'est peut-être justice ! )
Expie en brave, au moins, des forfaits trop nombreux.
Adieu, ma Carlotta... Ton nom me fortifie...
Les meurtriers sont là... mon geste les défie.
Abandonné, trahi, je suis seul devant eux !

[*] Corneille.

Un signal retentit... Aux reflets de la flamme,
La foudre a pénétré les replis de mon cœur ;
Et l'ennemi répond par un écho moqueur
A la voix des mousquets affranchissant mon âme.
Les mânes d'Ottocare ont ri de mon trépas.
      Le sinistre fracas
Des vivats, des fusils, des tambours et des cloches
Couvre les chants de mort des moines mexicains.
Max n'est plus... mais sa fin fut digne de ses proches ;
Et la pitié flétrit de faux républicains.


Fallait-il qu'intraitable et sans miséricorde,
Leur bestialité sur mon corps s'acharnât !
Au cou de mon cadavre ils ont passé la corde,
Attribut infamant du plus vil scélérat.
Hurlante, forcenée et sans pudeur, leur bande
      Danse une sarabande ;
Comme autrefois Théroigne, autour de l'échafaud,
Épouvanta la foule, et fêta, la furie,
L'ère où, terrorisée, inerte, la patrie
De la liberté sainte éteignit le flambeau.

2

Soudain, un étranger, vétéran du Mexique,
Parmi les assistants fait bondir son cheval.
Ses cheveux gris, son rang et son aspect martial
Arrêtent des soldats la clameur diabolique.
On reconnaît en lui le tribun, le guerrier,
Toujours sur le sentier
Des défenseurs des droits innés de notre espèce.
Compagnon des amis du vaillant Bolivar,
Jadis, en Colombie, il leur fit la promesse
De ne suivre jamais que leur noble étendard.

## IV

« Quoi ! dit-il, c'est ainsi qu'on s'enivre
« Du supplice d'un pauvre vaincu ?
« Quand la chance inconstante le livre
« A la honte d'avoir survécu ;
« Au mépris de la loi qui révèle
« L'existence d'un Dieu tout puissant,
« Votre engeance égarée et cruelle
« Verse à flots et savoure son sang ! »

« A quoi sert d'abhorrer le parjure,

« L'homicide et l'usurpation,

« Si des crimes de même nature,

« Liberté, sont commis en ton nom ?

« Retournez aux tribus des Apaches,

« Assouvir vos hideux appétits.

« Vos outrages aux morts vous font lâches,

« Exécrables, dans tous les pays. »


« Condamnons ce vain mot : représaille !

« Tous les crimes, on doit les honnir ;

« Mais comment affirmer qu'il nous faille

« Par des crimes nouveaux les punir ?

« Réparons à l'envi le dommage

« Que de grands attentats ont causé.

« Nous venger comme un peuple sauvage,

« C'est un acte infertile, insensé. »


« L'avenir, dont tout bon démocrate

« A l'espoir de voir poindre le jour,

« Qu'il écrive, discute ou combatte,

« C'est l'accord des humains par l'amour.

« Si ce jour de triomphe doit luire,

« La fureur fratricide aura fui ;

« Et, dès lors, incapables de nuire,

« Les méchants resteront sans appui. »


« Il est faux qu'un gibet nous évite

« De revoir ceux qu'à mort on a mis.

« Si pas eux, leur esprit ressuscite

« Dans leurs proches et dans leurs amis.

« Un arrêt sanguinaire est un crime ;

« Si des juges il fait des bourreaux,

« Le coupable n'est plus que victime ;

« Le trépas le transforme en héros. »


« Quand du meurtre la soif vous attire,

« C'est Caïn qui dirige vos coups.

« Si l'amour du prochain nous inspire,

« C'est qu'Abel, son doux frère, est en nous.

« C'est Abel qui vaincra dans la lutte

« Séculaire du bien et du mal.

« La raison nous présage la chute

« De tout règne oppressif et brutal. »

« Si l'entente unanime des races

« Met la force au service du droit,

« Les anciens préjugés, si tenaces,

« Feront place au progrès qui s'accroît.

« Les tyrans dans leurs armes serviles,

« Vainement, chercheront des soutiens.

« Leurs suppôts, désormais indociles,

« Deviendront des soldats citoyens. »


« Repentis, à cette heure suprême,

« Les vaincus, pardonnés, aimeront ;

« Et le sceau du divin anathème

« Cessera de paraître à leur front.

« Pour tout cœur bien placé, qu'elle est douce

« Cette attente d'un jour sans pareil,

« Qui du triste penchant qui vous pousse,

« Proscrira sans retour le réveil ! »


« A présent, votre excès vous enchaîne

« A la borne où l'infâme Caïn

« Imprima, vacillant sous sa peine,

« Convulsive et sanglante, la main.

« Tant  qu'en vous ses instincts se ravivent,

« Vous n'aurez que discorde et douleurs;

« Et serez des aveugles qui suivent

« Un drapeau sans en voir les couleurs. »

Paris, 15 juillet 1867.

Typ. de E. Dépée, à Sceaux.